请自备好奇心，打开脑洞，与书中小侦探一起破解谜团吧

石龟之谜

L'ÉNIGME DE LA TORTUE DE PIERRE

[法] 安德烈·布沙尔（André Bouchard）/ 文图　　孙娟 / 译

北京联合出版公司·阳光

奇切卡彭镇的小侦探们正在沙滩上玩耍。突然，一块奇形怪状的岩石引起了雨果的注意。

"伙伴们，快来看看这块岩石，它就像一只巨大的乌龟！"雨果朝着霍顿斯、阿黛尔、保罗和卡米尔喊道。

有必要跟大家说明一下，奇切卡彭镇是一座位于海边的小镇。

"真的哎，保罗，我之前都没注意到这块岩石！"阿黛尔说道。

"简直难以置信！不过，雨果，如果我是你的话，就会这么说：快来看看这只巨大的乌龟，它就像一块岩石！"保罗说道。

"你说得对，保罗。如果它没有把脑袋从壳里伸出来的话，我也把它当成一块岩石了。"霍顿斯补充道。

"你们的意思是，这就是一只乌龟，而不是什么岩石？伙伴们，看来我们又遇到一个令人费解的难题了。"卡米尔严肃地说道。

于是，小侦探们又开始展开调查了。要知道，穿着泳衣展开调查，可真是史无前例啊！

"这只乌龟的外壳硬得像石头，难怪会被误认为是一块岩石呢！"保罗一边用指甲刮了刮龟壳，一边说道。

"这很正常，它是一只海龟嘛。只有坚硬的外壳，才能躲避钳鲨那锋利的牙齿呀！"保罗解释道。

"可钳鲨真的存在吗？"卡米尔问道。

"既然有锤头鲨和锯鲨，为什么就不会有钳鲨呢？"雨果反驳说。

"我都不知道，原来鲨鱼都是些修理工啊。"卡米尔被说服了。

"但如果它不是一只海龟呢？"保罗问道。

"那还会是什么呢？难道是一只河马，或者是一只巨大的火鸡？"卡米尔绞尽脑汁地想了又想。

"答案其实很简单，它就是一块岩石，就跟沙滩上其他岩石一样，只不过长得很奇怪而已。"保罗补充道。

"没错！仔细一看，这里的岩石确实就像博物馆里的雕塑。"霍顿斯兴奋地说道。

"你说得对！肯定是因为有人在这里乐此不疲地雕刻岩石！"保罗斩钉截铁地说道。

"但他为什么这么做呢？"霍顿斯问道。

"为了让风景变得更加好看吧！当世界刚被创造出来的时候，地上的岩石就像一块块巨大的花岗岩铺地石，灰不溜秋的，看上去十分凄凉！"保罗解释道。

"如果我没理解错的话，保罗，你的意思是有个家伙为了美化这个地方，才雕刻了这只巨大的乌龟？"霍顿斯带着一丝嘲笑的语气说。

"比起我家里那尊拿破仑一世半身雕像，这只乌龟可漂亮多了。"保罗反驳道。

"不管怎么说，只有在这座沙滩博物馆里，我们才可以穿着泳衣跑来跑去，还可以爬到这些艺术品上。"雨果欢快地总结。

"我在想哦，会不会是那个负责雕刻云朵的艺术家呢？"卡米尔陷入沉思。

"难道云朵也是被雕刻出来的吗？"霍顿斯惊讶地问。

"那当然啊！在原始状态下，地上的岩石就像是一块块巨大的铺地石，而天上的云朵就像是一个个奇丑无比的立方体。你们难道没有发现，这位艺术家用他的灵感雕刻出了各种像人脸和动物的云朵吗？"卡米尔一边仰头看着天空，一边回答。

"简直难以置信啊！天空居然也是一座博物馆！"雨果一脸惊讶，喃喃自语道。

"你们的意思是，造物主在创造世界万物的时候，把每块岩石和每片云朵都做成了相同的形状？"阿黛尔问道。

"完全正确！为了节省时间，他都是用机器切割的。"

"我猜肯定是因为他在森林工程上耽误了太多时间。"霍顿斯猜测说。

"森林工程，那是什么？"

"就是在每座森林里，把树木一棵一棵地种到土里。"霍顿斯果断地回答。

"这可真是一项疯狂的工程啊！肯定得投入成千上万个小时才能完成吧。"保罗感叹道。

"这就解释了地球上为什么会有沙漠啊。造物主压根儿就没有时间来完成所有的森林工程。"霍顿斯回答道。

"照你这么说，他一定是还有其他工程要完成吧？"雨果问。

"那当然啊！他要给猎豹画斑点，还要给斑马画斑纹……由于这项工作实在无聊，他紧接着就给老虎画了条纹。至于斑点嘛，他倒是给几乎所有的动物都画上了。"霍顿斯补充道。

"说到造物主，你们听说过海王星吗？"卡米尔问道。

"我没听说过，但我们还是言归正传，继续讨论石龟这个更有意思的话题吧。"保罗说。

"这正是我接下来要说的呢。海王星是海洋之神，靠着双脚各踩一只巨型海龟，才可以在海洋里来去自如。但可怜的海龟，因为长年累月背着海神游来游去，累得筋疲力尽，最后便一命呜呼了。"卡米尔说道。

"你的意思是，海神把海龟给抛弃了，就跟扔一只旧球鞋似的？"保罗问道。

"你说的这个海神，他肯定把我们的沙滩当成垃圾桶了！"雨果愤愤地说。

"不过，既然提到了垃圾桶，你们有没有想过是因为倒在海洋里的那些垃圾呢？我的意思是，这只海龟肯定是为了躲避海洋污染，才不得不来到沙滩的。"雨果继续说道。

"但它是怎么变得像岩石一样坚硬的呢？"卡米尔问道。

"我估计是这么回事儿。在海里捕食的时候，它不小心误食了一袋水泥。上岸以后，在全球气候变暖的影响下，水泥瞬间凝结硬化了！"雨果回答道。

"哦，好吧！听完你的故事，我都不想下海游泳了！"保罗评论说。

"甚至连日光浴也不想晒了。"霍顿斯补充道。

"我找到原因啦！肯定是美杜莎的错。我哥哥告诉我，只要和美杜莎的眼神对视，就会被石化。"阿黛尔回想道，"这只可怜的海龟来到沙滩产卵，正当它转身准备返回大海时，意外从天而降！美杜莎就站在面前，眼神直直地盯着它！"

"可怜的海龟啊！这么听来，美杜莎真是太危险了。我只知道美杜莎会咬人*，完全不知道它还可以把我们变成石头呢！"保罗惊慌失措地说道。

"所幸的是，美杜莎大部分时间都待在水里。但想想那些可怜的海鱼，它们终究难逃被石化的命运啊。"

在法语中，蛇妖美杜莎（Méduse）和水母（méduse）读音一致，所以保罗把阿黛尔所说的"美杜莎"当成了水母，才会认为它会咬人。——译者注

"这个讨人厌的怪物到底是从哪里来的啊？"保罗担忧地问。

"我哥哥跟我说，这种生物来自一个叫作格雷斯坦克的地方。在那里，每天都有美杜莎的受害者。"阿黛尔回答。

"那些可怜的受害者，都被怎么处理的呢？"雨果满脸担忧。

"他们会被放到博物馆里展示，就像其他雕塑那样！"阿黛尔的话把小侦探们吓了一跳。

"真是太过分了！"霍顿斯愤愤地说。

"有这么个东西在大海里，那里的沙滩肯定都没人敢去。"霍顿斯说道。

"或者，为了不看到美杜莎的眼睛，那里的人都倒着游泳。"卡米尔补充道。

"他们还可能闭着眼睛游泳。"

"说到闭眼睛，要不咱们玩会儿捉迷藏吧？"

"好呀，开始吧！我数到20就来找你们！1，2，3……"

于是，小侦探们放弃调查，玩起了捉迷藏、猫抓老鼠这些好玩的游戏。

亲爱的读者小朋友，我可不能给你们留下这样一个故事结局……

其实，小侦探们已经想到了不少有趣的解释。不过，这些还不是全部！

小朋友们，我给你们一点小提示吧：你们听说过陨石吗？

据说，那是些巨大的石头，是从外太空降落到地球表面的。每天，我们都会遭受大大小小的陨石袭击。所幸的是，大部分陨石都落到了大海里。

你们瞧，其实调查一点儿也不复杂，只需稍微动一下脑筋就可以啦！

亲爱的读者小朋友，如果你对石龟的秘密也有自己的想法，请一定要写信告诉我们，跟大家分享你的想法。

请继续展开调查吧！

图书在版编目（CIP）数据

石龟之谜 /（法）安德烈·布沙尔文图；孙娟译

.——北京：北京联合出版公司，2022.5

ISBN 978-7-5596-5793-0

Ⅰ.①石… Ⅱ.①安…②孙… Ⅲ.①儿童故事－图画故事－法国－现代 Ⅳ.①I565.85

中国版本图书馆CIP数据核字（2021）第250748号

First published in France under the title:
L'Énigme de la tortue de pierre
By André Bouchard
© Éditions du Seuil, 2020, 57 rue Gaston Tessier, 75019 Paris.
Simplified Chinese rights are arranged by Ye ZHANG Agency (www.ye-zhang.com)

Simplified Chinese edition copyright © 2022 by Beijing United Publishing Co., Ltd.
All rights reserved.
本作品中文简体字版权由北京联合出版有限责任公司所有

石龟之谜

[法] 安德烈·布沙尔（André Bouchard） 文图
孙娟 译

出 品 人：赵红仕
出版监制：刘 凯 赵鑫玮
选题策划：联合低音
责任编辑：杭 玫
装帧设计：聯合書莊

关注联合低音

北京联合出版公司出版
（北京市西城区德外大街83号楼9层 100088）
北京联合天畅文化传播公司发行
北京华联印刷有限公司印刷 新华书店经销
字数10千字 889毫米×1194毫米 1/12 $3\frac{1}{3}$印张
2022年5月第1版 2022年5月第1次印刷
ISBN 978-7-5596-5793-0
定价：48.00元

版权所有，侵权必究
未经许可，不得以任何方式复制或抄袭本书部分或全部内容
本书若有质量问题，请与本公司图书销售中心联系调换。电话：（010）64258472-800